Pferdle & Äffle

Spaß muß sei'!

von Armin Lang
mit Zeichnungen von Julius Senderski

THEISS

Die lustigen Stars aus dem Werbefernsehen
des Südwestrundfunks

Die Deutsche Bibliothek – CIP-Einheitsaufnahme

Lang, Armin:
Pferdle & Äffle : [die lustigen Stars aus dem Werbefernsehen des Südwestrundfunks] / von Armin Lang, – Stuttgart : Theiss

3. Spaß muß sei'!. – 1998
ISBN 3-8062-1338-0

Umschlaggestaltung: Atelier Jürgen Reichert, Stuttgart
unter Verwendung von Zeichnungen von Julius Senderski, Stuttgart

Gestaltung/Satz: Satz & mehr, Besigheim

Litho: Repro Schmid, Stuttgart
Druck: Gulde-Druck GmbH, Tübingen
Bindung: Großbuchbinderei Riethmüller GmbH & Co., Stuttgart
Printed in Germany
ISBN 3-8062-1338-0

Vorwort

Pferdle: Hosch g'hört? Jetzt hend se wieder a neues Buch über ons rausbracht.
Äffle: Über ons zwoi?
Pferdle: Über ons und 's Fräulein Schlabbinschen.
Äffle: Und warom?
Pferdle: Ha, weil mir de Leut so gut g'falla dätet.
Äffle: I g'fall de Leut scho, aber du? Ja, wenn du 'n Aff wärsch.
Pferdle: Ha, komm. I lass mi doch net von dir zum Affa macha.
Äffle: Des isch au net nötig. Älle saget, du hättesch 'n Affa.
Pferdle: Freilich und der bisch du!
Äffle: Ja, ja, der Affe fällt halt net weit vom Pferd.
Pferdle: Du, Roßbolla du! Du kannsch mi net beleidiga.
Äffle: Will i auch gar net. Dr Armin hot nämlich amol zu mir g'sagt, du wärsch sei beschtes Pferd im Stall.
Pferdle: Des isch doch bekannt.
Äffle: Ja, weil du am meischta Mischt macha dätsch.
Pferdle: Sei bloß froh, daß i des net g'hört han!

So oder so ähnlich hätte wohl unser unvergeßlicher Armin Lang die beiden sein neues Buch vorstellen lassen.
Ich bin ganz sicher, daß auch der dritte Pferdle & Äffle-Band wieder ein großer Erfolg werden wird und wünsche der verehrten Leserschaft saumäßg viel Vergnügen bei der Lektüre.

Ihr Walter Schultheiß

Äffle: Du, des isch wirklich komisch.
Pferdle: Was denn?
Äffle: Daß mr uff de älteschte Fotos emmer jünger aussieht.

Äffle:	Auf welcher Seite isch denn ‘s Herz?
Pferdle:	Ha, uff dr Innaseite, du Bachl!

Äffle:	Warom hoißt des eigentlich *der* Hexaschuß und net *die* ? Es hoißt doch au *die* Hex'.
Pferdle:	Weil d' Weiber ons älles in d' Schuh schiebet.

Pferdle:	Sind die Bluma künstlich?
Äffle:	Natürlich.
Pferdle:	Natürlich?
Äffle:	Noi, künstlich.
Pferdle:	Ja, was jetzt? Natürlich oder künstlich?
Äffle:	Natürlich künstlich.

Äffle:	Was gibt's denn heut em Fernseha?
Pferdle:	Dr VFB spielt gega Schalke 04.
Äffle:	Aber des Spiel hend mr doch scho letztes Johr g'seha.

Äffle:	Neulich wär i beinah unters Auto komma.
Pferdle:	Um Gottes willa. Verzähl!
Äffle:	Ha, do gibt's net viel zu verzähla, weil i vorsichtshalber dahoim blieba bin.

Äffle: Warom hend d' Küh eigentlich Glocka om da Hals?
Pferdle: Ha, damit se beim Fressa net ei'schlofet.

Äffle:	I hätt gern a Brill'.
Schlabbinchen:	Kurzsichtig oder weitsichtig?
Äffle:	Noi, noi, bloß durchsichtig.

Pferdle:	Der Kaffee isch heut aber dünn. Hosch weniger Kaffee g'nomma?
Äffle:	Noi, aber mehr Wasser.

Äffle: I hätt so gern Trompete spiela g'lernt.
Pferdle: No lern's doch.
Äffle: Goht net. I han a zu schwache Blas'.

Schlabbinchen: Geh doch emol schnell in die Schpeisekammer un hol mer die Weiflasch, wo „Essich“ druffschteht, do muß Salatöl drin sei, riech awwer vorher rei, ob not Schpiritus drin is.

Äffle:	Wie weit isch's denn bis Pforzheim?
Pferdle:	Ganz oifach: zwoi Staus und drei Baustella.

Äffle: Hallole! Ach, du bisch's?
Was, du hosch mein Anruf erwartet?
Oh, na ruf i di glei an, wenn du uffg'legt hosch.

Pferdle: Hosch jetzt endlich den Knopf an mei Hemd na g'näht?
Schlabbinchen: Nä, des is nimmer neetich, ich hab des Knopploch zugenäht.

Äffle:	Kannsch mr zwoi Mark für de Bus leiha?
Pferdle:	Noi, i han bloß an 20 Markschei.
Äffle:	Au recht. No fahr i halt mit am Taxi.

Schlabbinchen: Wie hoscht'n des Schnitzel g'funne?
Pferdle: Ha, durch Zufall.

Schlabbinchen: Na, wie war's im Zoo?
Äffle: Oh tierisch, sogar Schlange vor dr Kass'.

Pferdle:	Woisch du, dr wievielte heut isch?
Äffle:	Noi.
Pferdle:	Ha, du hosch doch Zeitung en dr Hand.
Äffle:	Ja, aber die isch von geschtern.

Schlabbinchen:	Herr Ower, bitte en Zahnschtocher!
Pferdle:	Tut mir leid, aber em Augeblick isch koiner frei.

Pferdle:	Sag amol, warom schpielsch du nemme Karte mit am Schlabbinsche?
Äffle:	Möchtesch du mit jemand schpiela, der dauernd mogelt?
Pferdle:	Noi.
Äffle:	Ond 's Schlabbinsche au net!

Pferdle: Hosch di verschluckt?

Äffle: Noi, i bin no da.

Äffle: Gell, mir zwoi sehet doch glänzend aus.
Pferdle: Ond des sogar uff dr Mattscheibe.

Schlabbinchen:	Sag emol, bischt du abergläubich?
Pferdle:	Toi, toi, toi - bis jetzt no net.

Pferdle: Warom schtohsch du mit g'schlossene Auga vor am Schpiegel?
Äffle: I möcht halt gern wissa, wie i em Schlof ausseh!

Äffle:	Warom könnet bloß Menscha denka und mir Viecher net?
Pferdle:	Weil mir des net nötig hend.

Äffle:	Wieso hoißt des eigentlich Schteckbrief?
Pferdle:	Weil mr net woiß, wo der Kerle schteckt.

Pferdle:	Es hilft nix. Du musch die bittra Tropfa nehma.
Äffle:	Aber wenn's doch nix hilft, warom muß i se no nehma?

Pferdle: I hör koin Fatz. Wo hosch denn du dei Herz?
Äffle: Woisch, i bin grad arg uffg'regt, ond do pockelt's meischtens onda in dr Hos.

Äffle: Des Domme beim Nixdoa isch, daß mr nie woiß, wann mr fertig isch.

Schlabbinchen:	Dei Krawatt bügel ich nimmer.
Pferdle:	Ond warom net?
Schlabbinchen:	Weil's a Saug'schäft isch, bis de da Knota platt bügelt hättsch.

Pferdle: Trinksch du dein Kaffee emmer ohne Milch ond ohne Zucker?
Äffle: Ha ja, weil no mehr Kaffee en d' Tass goht.

Äffle:	Möchtesch du lieber an Hond oder a Katz als Haustierle?
Pferdle:	Am liebschte han i mein Affa!

Äffle:	Bin i heut morga erschrocka.
Pferdle:	Ja, warom denn?
Äffle:	Wie i heut morga uffg'wacht ben, isch ebber onder meim Bett g'lega.
Pferdle:	A Ei'brecher?
Äffle:	Noi, i selber.

Äffle: A'g'nomma, du wärsch Opernsänger, wärsch du dann lieber a Tenor oder a Bass?

Pferdle: Lieber a Bariton. Do muß i net so weit nuff ond net so weit nonter. Do bräucht i bloß schee singa.

Pferdle: Komm mir ganget heut in d' Gemäldeausstellung.
Äffle: Noi, i net!
Pferdle: Ond warom net?
Äffle: Du woisch doch, daß i schlecht seh.
Pferdle: Des macht doch nix, do hänget au große Bilder.

Äffle:	Sie hend g'sagt, mit dem Radio könnt i älle Sender höra.
Pferdle:	Ja, ond? Goht's vielleicht net?
Äffle:	Scho, aber bloß älle uff oimol.

Äffle:	Guck, die langet ons jetzt für a Weile!
Pferdle:	Wo hosch denn den Haufa Zahnbürschta her?
Äffle:	Ganz billig, vom Flohmarkt.

Äffle:	Kannsch du mir 3000 Mark leiha?
Pferdle:	Für was brauchsch du so viel Geld?
Äffle:	I möcht gern a Tass Kaffee trenka.
Pferdle:	Du Simpl, do langet doch 2 Mark.
Äffle:	I möcht se aber in Columbien trenka.

Schlabbinchen: Ich hab gedenkt, du hättesch der endlich Schu gekaaft.

Äffle: Noi, i han g'hört, daß mr die zum Fußwäscha ausZieha muß und des wär mir doch läschtig.

Pferdle: Schade, daß i Ihr Restaurant net früher b'suacht han!
Äffle: Hot's Ihne so guat g'schmeckt?
Pferdle: Noi, ebe net, aber no wär dr Fisch no frisch g'wesa.

Pferdle: Liaber ab und zu a Dommheit macha, als nie ebbes G'scheits!

Äffle:	Gell, ‘s isch scho guat, daß es elektrisch Licht gibt.
Pferdle:	Warom?
Äffle:	Ha, sonscht müßta mr bei Kerzelicht Fernseh gucka.

Pferdle:	Wie spät isch's denn?
Äffle:	Genauso spät, wie's geschtern om Viere war.

Pferdle:	Sag amol, woisch du, wo die Bahamas lieget?
Äffle:	Koi Ahnung. Do musch ‘s Schlabbinsche froga. Die hot vorhin uffg’räumt.

Pferdle:	Hosch du scho amol zählt, wieviele Federa in ra Bettdecke sind?
Äffle:	Noi.
Pferdle:	I dät's au bleiba lassa. 's gibt sonscht vielleicht a mords Sauerei em Schlofzimmer.

Äffle:	I war beim Zahnarzt, aber zu dem gang i nemme!
Pferdle:	Und warom net, wenn mr froga darf?
Äffle:	Ha, des isch vielleicht a wehleidiger Denger. Der hot jedesmal g'schriea, wenn i ihm a bißle in da Finger bissa han.

Äffle:	Woher woiß mr, daß d' Erde a Kugel isch?
Pferdle:	Hosch du no nie an Globus g'seha?

Schlabbinchen: Habt er den Deppich schää geklopft?
Äffle: Net ganz, mir hend's probiert ...
Pferdle: ... aber was glaubsch, wie der g'schtaubt hot!

Äffle: Aua, i hab so arg Halsweh.
Pferdle: Sei doch froh. A bißle höher, no hättesch au no Zah'weh.

Äffle: Ihr Hühneraugamittel isch gar nix wert.
Pferdle: Und warom?
Äffle: I han scho älle drei Fläschla austrunka, und meine Hühnerauga sind emmer no do.

Äffle: Was bedeutet eigentlich „allzumenschlich"?
Pferdle: Wenn mir zwoi zum Beispiel Krach kriega dätet.

Pferdle: Der Fisch, den i geschtern bei dir kauft han, war aber nemme frisch.

Äffle: Hättesch 'n halt letzte Woch kaufa solla.

Äffle:	Warom müsset mir eigentlich Steura zahla?
Pferdle:	Damit sich der Staat d' Finanzämter leischta ka.

Äffle:	Woisch du, welche Eisenbahn die meischte Verspätung hot?
Pferdle:	Noi, koi Ahnung.
Äffle:	Die, die du mir zum Geburtstag versprocha hosch.

Äffle: Wo na fährt der Zug?
Pferdle: In 12 Minuta nach Köln.
Äffle: Ond i han emmer denkt, des dauert Stunda.

Äffle:	Was hend Menscha früher ghet, als es no koin Fernseher geba hot?
Pferdle:	Ihr Ruh!

Pferdle:	Hilft der Bruschtbeuteltee gega da Huschta?
Äffle:	Ja, scho - bloß muasch mit dem 10 Minuta lang ins hoiße Wasser neihocka.

Pferdle: Guck, da vorne kommt a Schtau.
Äffle: Wo denn? I seh bloß Autos.

Äffle:	Was isch a Schtörfaktor?
Pferdle:	Du!
Äffle:	Warom i?
Pferdle:	Reg de net uff. A Schtörfaktor isch heut ebbes ganz normals.

Äffle:	Herr Ober, in meiner Supp schwimmt a tote Flieg!
Pferdle:	Wellet Sie mi für domm verkaufa? Tote Fliega könnet gar nemme schwimma.

Äffle:	Was macht a Pfarrer, wenn lauter Heida vor seiner Tür schtandet?
Pferdle:	Er macht sei Tür uff, winkt und sagt: „Heida - nei!“

Pferdle: Sie sind bei Rot g'fahra.
Äffle: Ha, dafür halt i no bei Grün.

Äffle:	Solla mir net mit deim Geld a Bankkonto uffmacha?
Pferdle:	Wieso mir zamma?
Äffle:	Woisch, du könntsch ei'zahla und i könnt abheba.

Äffle: Wieso kassieret Sie em voraus?
Pferdle: Bei Pilzgerichten machet mir des emmer so.

Äffle:	Woisch du, was a Lichtjahr isch?
Pferdle:	Noi, mir zahlet d' Lichtrechnung emmer monatlich.

Schlabbinchen: Wie macht mer dann e Schtatue vun eme Elefant?
Pferdle: Ganz oifach. Mr haut von ma ganz große Stoi älles weg, was net wie an Elefant aussieht.

Pferdle:	Du kannsch dir a paar Bombola rausnehma.
Äffle:	Nimm se doch du bitte für mi raus.
Pferdle:	Wieso i?
Äffle:	Ha, du hosch di größer' Hand!

Äffle: Bohra brauchet Se net. Des Loch isch scho drin.

Pferdle: Du, jetzt sitzsch du scho seit ra Viertelstond mit offenem Mund do!
Äffle: I woiß, i han 'n ja selber uffg'macht.

Pferdle:	Du kommsch heut aber schpät.
Schlabbinchen:	Macht nix, ich du dann halt schneller schreiwa.
Pferdle:	Des goht net, weil dann müßt i schneller denka.

Äffle:	I gang jetzt zum Doktor en d' Sprechstond.
Pferdle:	Ja, was fehlt dir denn?
Äffle:	Nix, i bin bloß neugierig, was der a Stond lang mit mir schprecha will.

Äffle:	I kann net ei'schlofa.
Pferdle:	Und warom net?
Äffle:	Weil i no net woiß, was i träume soll.

Pferdle:	Heut nacht derfsch du schnarcha, morga derf no i wieder.
Äffle:	Noi, du derfsch erscht übermorga wieder. Morga isch Duett dran.

Pferdle: Herr Ober! I han jetzt scho zehnmol Schnitzel b'schtellt.
Wie lang muß i denn no warta?

Äffle: Bei so große Menga dauert's emmer länger.

Schlabbinchen:	Herr Ower, der Schaumwei do, der schäumt nit.
Pferdle:	A Hundekucha bellt ja au net.

Schlabbinchen: Hosch du die Fisch do ganz ällää g'fange?
Äffle: Noi, a paar Würmer hend mr dabei g'holfa.

Pferdle:	A riesagroßer Roschtbrota mit g'schmelzte Zwiebel und Schpätzla - für sechs Mark!
Äffle:	Und wo gibt's des?
Pferdle:	Des möcht i au wissa.

Pferdle: So spara mr da Bilderrahma.

Das tierisch gute Schwaben-Duo

Armin Lang
Pferdle & Äffle grüßet recht schee!

Lieber a Kärtle wie gar nix gschrieba!
Jetzt gibt es die ersten Pferdle & Äffle-Postkartenbücher: 2 mal 16 witzige Karten mit den unnachahmlichen Gags in Wort und Bild.

Armin Lang
Pferdle & Äffle I
Viecher send au blos Menscha

Pferdle & Äffle II
Lieber gschwätzt wie gar nix gsagt

Jeweils 83 S., 41 Farbabb., zahlr. SW-Abb. Neue Szenen, Gags und Sprüche des tierisch guten Schwaben-Duos. Für alle »Pferdle & Äffle«-Fans, denen die schwäbischen Werbe-Viecher ans Herz gewachsen sind und stets zu schnell vom Bildschirm verschwinden.